世界はふたりのものだと思いたいのでまずは君が僕のものになれ

I want this world to be just for us
so be mine right now

蒼井ブルー

はじめに

車の運転免許を取りに教習所へ通ったとき、
緊張してうまくやれない僕に教官のおじさんがしわくちゃな笑顔で言った。

「どんなにどんくさい人でも車を運転できるようにするところが教習所です。

一緒にひとつずつ学んでよくなっていきましょう、私たちがついています。

大丈夫、あなたはいいドライバーになれますよ」

恋かと思った。あの瞬間、抱かれてもいいと思う自分がそこにいた（いなかったけど）。

恋愛にも授業があればいいと思う。
というかなぜないんだろう。人を思いやるだとかは学校でも教えてくれたけれど、
恋愛に関しては何もなかった。
「ときには傷つくこともあるけれど、誰でもそうやって上手になっていくんだよ」と
なぜ教えてくれなかったんだろう。
「大丈夫だよ、人を好きになることは楽しいことなんだよ」と
なぜ教えてくれなかったんだろう。
「女の子は弱い生き物なので泣かしてはいけません」というものならあった。
けれど、僕の経験でいうとこれは半分嘘だったし、
男の子も弱い生き物なのだと声高に訴えたい。泣かすな。

僕が人に教えられる恋愛のことといえば、
経験から学び得たわずかのことになってしまうのだけれど、
それでも、人を好きになることは楽しいことなのだと胸を張って言える。
教習所風に少し紹介してみよう。

このペダルを踏むと恋が加速します。
夏やクリスマス前は積極的に踏んでいきましょう。

このペダルを踏むと恋が減速します。
何か違うと思ったら迷わず踏んでいきましょう。
ただしペダルは助手席にもあります。
同乗者が先に踏むこともあります。

恋と恋が衝突すると死ぬことがありますが、
すれ違いでも死ぬことがあります。

恋に卒業検定はありません。従ってマスターも存在しません。
どうにもならないときはあきらめましょう。

恋愛の楽しさを伝えるどころか過去のつらい思い出が甦って悲しくなってしまった。
ああ、いつかの教官のおじさんならどんなふうに伝えただろう。
ねえ教官のおじさん、僕は、恋に恋していただけだったのかなあ（夜空を見上げる）。

この本には、僕が恋をして楽しかったこと、
こうなればもっと楽しいんじゃないかと思ったこと、
じゃあそうなっていこうと努めたことなどを、
先生方の愛すべきイラストたちとともにちりばめた。
恋をしている皆さんには、その人を思いながら読んでもらえるとうれしい。
もし叶うなら、その人と一緒に読んでもらえるとうれしい。
恋から遠ざかっている皆さんには、また恋がしたいと思ってもらえるとうれしい。
そのときが来たら、その人を思いながら読み返してもらえるとうれしい。
（本気になれる）恋をしたことがない皆さんには、
もしかするとよく伝わらないかもしれないけれど、
ささいなことで笑い合ったり、言葉ひとつでじんときたり、
涙がとめどなく溢れたり、今が続けばいいと願ったり、そんなかけがえのないことたちが、
テレビや映画の話でもなく、他の誰かの話でもなく、
いつか自分の身に起こるのだということをどうか、
覚えておいてほしいんだよ。

２０１６年12月　蒼井ブルー

contents

1.はじまり

そのほとんどは、気がつくともう始まっていて。

「好き」とか「愛してる」ってしばらく言ってないと
いざそのときが来ても下向いて言っちゃいそう。
靴に気持ち伝えてどうすんだ。
まあ、好きな人の靴なら愛しいけど。

ギャップの類ですぐにやられるから清楚系の人が
突然ガニ股で歩き出したりしたら一瞬で落ちる可能性ある。

甘いもの好きだけどケーキとか半分くらい食べたら
もういいやってなるから残り半分食べてくれる人がいてくれたらなあと思う。

床やソファーで寝てしまいそうになったときに
そっと毛布をかけてくれたらそれだけで
好きになってしまうと思うし、「はい、肉毛布」と言って
被さってこられたら結婚も視野に入ってくると思う。

ごはんを作ってくれた人が「おいしい？」と訊いてきたり
「まだあるからいっぱい食べてね」と言ってきたりするのとてもいいと思う。
おいしいって言うしいっぱい食べる。

家におじゃました際「何もなくてごめんね」と言いながら
濃いめの紅茶とルマンドを出してこられたら結婚も視野に入ってくると思う。

ポケットに手を入れて歩いているときに後ろから駆け寄り気味で腕を組んでくるの、
１００点満点で言うと５００００点。

思いきって好意を伝えたつもりだったけど相手に聞こえていなくて、
「なんて？　もう一回言って？」と聞き返されて、でも構えて聞かれると
余計に言いづらくて、「ううん、なんでもない」と引っ込めてしまって、
「違うー！　なんで引っ込めたー！　今言えたー！　今言うところだったー！」
と内心悔やんで、相手も「そっか」と引っ込めて、完全にタイミングを失って、
「今日も伝えられなかったー！　自分のバカー！」と内心自分を責めているとき、
「なんで聞き返したー！　ちゃんと聞こえてたのになんで聞き返したー！
びっくりしたー！　でもうれしかったー！　自分のバカー！　なんで聞き返したー！」
と相手も自分を責めていてほしい。

「チケットが2枚あるんだけど」みたいな誘い方好き。
正しくは「用意したんだけど！！！！！」だったりする。好き。

一緒にごはんへ行きたい人を誘う際「今度ごはん行かない？」より
「和食と中華だったらどっちが好き？」みたいに
選択肢を与えると相手が乗ってきやすいという話、興味あります。

男だって誘われるのうれしいんですよ！
たまには女子の方から誘ってみたらどうなんですか！

ファーストタッチは
手の大きさ比べっこがいいです。
合わせせているうちに
どんどん汗をかいてください。
そういう人を好きになります。
かわいいです。

「月が綺麗ですね」と言っただけで勝手に深読みされて始まりたい。

コンビニで同じ茎ワカメを取ろうとして
「あっ」「あっ」「どうぞ」「どうぞ」となって始まりたい。

「俺さ、前からお前のこと好き…やき……」みたいな根性なしの告り方をしてしまうも
「すきやき食べたいの?」となり作ってもらえてもっと好きになって
今度こそちゃんと言いたい。

本当の自分を愛してほしいのに
嫌われるのが怖くてなかなかそれを見せようとしない
タイプの人間にも始まる恋があってほしい。

好きな人とお祭りに行き
「俺、金魚すくいは下手だけど、君を救うことはできるからさ?」
とか言いたいけど言えないからひとりでスーパーボールすくい。

好きな人のおでこに
「あれ、ちょっと熱あるんじゃない?」と手を当てたのち「そっか、俺のせいか」
とか言いたいけど言えないから自分で検温(平熱)

「今年はまだ花見に行けてないけど、毎日お前を見てるから花には飢えてないよ」
とか言いたいけど言えないから花見に行く。

「美しい朝を君にあげる(おでこにチュッ)、内緒だよ? おはよう」
とか言いたいけど言えないから普通におはよう。

こんにちは、人と会う前のあいた時間にブラブラしていると好きな感じの服を見つけ、衝動買いし、トイレで着替え、さも「家から着てきました」みたいな顔で待ち合わせ場所へ来た者です。今日は楽しみたいです、よろしくお願いします。

服が好きなんじゃない、好きな服を着て好きな人に会うのが好きなんだ。

上りのエスカレーターのときは後ろに立つし下りのエスカレーターのときは前に立つし車道側を歩くしドアだって開けるしはんぶんこするときは大きい方をあげるのでよろしくお願いします。

ゴロゴロしていたら隣に来てゴロゴロしてくるような人が好きです、よろしくお願いします。

聞きたい台詞は「先にシャワー浴びてくるね」です、
よろしくお願いします。

そちらに元気がないのを察知した場合は
こちらで元気担当を受け持ちますので
よろしくお願いします。
いつもより明るかったり積極的にリードしたりします、
よろしくお願いします。

食べ物をはんぶんこする際は大きい方をあげますのでよろしくお願いします。

「おなかすいてないの？」「俺ちょっと食べてきたから」

「いいの？」「うん」

みたいなやさしい嘘とかどんどんついていきますのでよろしくお願いします。

好きな人の「でんぐり返しをする前の両手を耳の横でパーにした状態」がかわいすぎて、
気持ちを抑えきれなくなって告ってしまい、
「えっ」となりながらもそのまま前転した好きな人が、立ち上がり、振り返り、
心臓が飛び出しそうなほどドキドキしている僕に
「前向きな……お付き合いだね？／／／」
と微笑むやつをお願いします。

好きな人と一緒に住んで
「帰ってくるまで寝ないで待ってる」
みたいなのやりたいからまぶたに貼る用の目のシール欲しい。

首をすくめて寒そうにしているところに「マフラー使う？」と言って後ろハグしたい。

君の右手をポケットにしまい込みたい季節が来ました。

身長差がベストなのでキスいいですか。

「君がいてくれるなら他には何も要らない」みたいなバレバレの嘘つくなよ！　なんだよそれ！もっと言ってこいよ！

カップルって相性が大事だと思うんだけど、
君との映画デートはとても楽しかったし、
水族館デートもとても楽しかったし、
遊園地デートもとても楽しかったし、
次はお泊まりデートに挑ませていただいてよろしいでしょうか。

亭主関白な旦那さんになって
「今から帰るから、お前はおかえりの準備して待ってろ」とか言ってみたい。

長く付き合っていきたいという意味で「君と四季が見たい」と告ったら
劇団四季の公演に連れて行かれてしまい、
なんだかんだで感動してしまった帰り道に「いいよ」とＯＫをもらってまた感動したい。

寒いと手を繋ぎたくなるね、あったかいもんね。

「寒いね」と言って繋いだ手をポケットにしまい込み、
あらかじめ入れておいた指輪を握らせるタイプのサプライズ告白したい。

君がため息をつくタイミングで口元に石鹸水を持っていったら
シャボン玉が飛んで屋根まで飛んで疲れも飛んで
笑顔に富んでってなると思うんだけど
タイミングを見計らっていてもいいですか、
隣にいてもいいですか。

やさしい人にしときなよ、泣くよ。

太ってもハゲても愛すから愛せよ!!!!!!!!!!!

「何も言わず俺についてきてほしい」「……」↑かわいい

クズはクズでも星屑、君の明日くらいなら照らせる。

僕がじじいになっても大丈夫なように、君がばばあになっても大丈夫なように、
心と心で愛し合う練習をしよう（告り案）

君がため息をついたら温かい飲み物をスッと差し出してあげたいので
いれてから差し出すまでの間に飲み物が冷めてしまわない距離までまずはお前が来い
つまりここにいろつまり愛してる。

「もしも人生が２００年だったら１００年かけて君にふさわしい男になるから。
そして残りの１００年で君を幸せにしてみせるから」
「今のままでいいからもっと早く見つけて」
「わ、わかった」

世界はふたりのものだと思いたいのでまずは君が僕のものになれ。

たまたま男に生まれたから
「俺色に染まれ」みたいな告り方をされずに済んでいるわけで、
噴かずに聞いてあげなきゃならない女子は大変だなあと思う。

「俺色に染まれ」「私色も出したいです」「俺色と混ざれ」「よろしくお願いします」

みんな、聞いてくれ。向こうもこっちのことが好きっぽいけど、
でもまだ自信がなくて告る段階までいけてない人から、
不意に「好きな人いるの?」と訊かれたとき、どう返すのがベストなんだ?
「いないよ」と答えたら
「なーんだ。あたしのこと好きなのかなーなんて思ったりしたけど気のせいか。
あーあ、残念」
となるよな? これは泣きたいよな?
「いるよ」と答えても
「なーんだ。あたしのこと好きなのかなーなんて思ったりしたけど気のせ(以下略)」
となるよな? これもやはり泣きたいよな? 一体どう返すのがベストなんだ?
「いるよ、目の前に」と答える勇気はないとしてだな。

好きな人に告ったら「たぶんこっちが先に好きになったと思うから
こっちから言わせてほしい」と告り返されたい。
「いや、こっちが先だから」「ううん、こっち」となって初めてのケンカも済ませたい。

「誰でもいいわけじゃない」みたいなの結構好き。
「あなたの唯一でありたい」とか真面目に思うもん。

「彼女欲しい」じゃなくて
「彼女になってほしい」と言う勇気があれば
願いも叶うと思うんだ。

あなたが好きになったくらい
魅力的な人ですから、
きっと他の誰かからもそう思われているはずで、
モジモジしている暇なんかないんです。
今なんです、思いを伝えるんです。

「好き」をちゃんと言える人、好き。

2. たのしい

世界のこと、誤解していた。世界は楽しいものだった。

天国は寒いかもしれないし、地獄は観光の名所かもしれない。
神様はミニスカ女子高生かもしれないし、閻魔様は草食系男子かもしれない。
わかったような顔をしてみても僕らは多くを知らないし、
全てを手にするのはきっと無理だ。
話をしよう。せめて君を知り、僕を知らしめ、始まれ。

急に会いたくなって急に会いに行きたい。
「もー」なんて言いつつ全然怒ってない顔が見たい。
好きって思う。

新しい靴を買って「これでまた会いに行ける」とか言われたら
嘘でもかわいいって思うから
そういうのどんどん言っていけばいいと思う。

「抱きしめてほしいでござる」がかわいすぎてちょんまげを結ってしまいそう。

「きれいになって来るね？　待てる？」と言い残してお風呂に入れ。

別れ際のハグに印象を残してくる人はお風呂に入りながら顔が浮かぶ。
洗い流せない、ずるい。

目をうるうるさせながら「うれしい」って言われるの、心の底から「よかった」って思う。

「家事が上手なので家庭に入りたい。無理なら布団に入りたい」
と言いながら布団に入ってこられたい。

明日のことが不安で夜ふかししてしまっているときに
「ね、愛してるからもう寝な?」と言われて安心して寝たい。

少し横になりますが、夢には出てこないでください。目の覚めるような君へ。

好きな人からビデオ通話がかかってきて、なんだろうと思って出ると
「見て、切ったの。早く見せたくて。どうかな?」
と新しい髪型を報告されてドキドキしたい。
照れくさそうにする姿も含めてまた好きになりたい。

「夜ふかししちゃった。おやすみ」「おはようの方がいいのかな」「だいすき」
「今度からおはようかおやすみで迷ったときはだいすきにする」「だいすき」
と連投が来た午前3時。だいすき。

どんどん勝手に減ってしまって、お金や時間って本当に貴重。
どう使おうか慎重になる。
そんな大切なものをわざわざ誰かのために使うだなんて、
僕なんかのために使ってくれただなんて、ありがとうね。

女子の方から手を繋いでくるの、
アリかナシかで言うと結婚したい。

女子の手って基本小さいじゃないですか。だから男子からすると、手を繋いだらもう相手の手首ごと握る感じになるんですね。で、デート後の帰り道、なんかいい匂いがするなあと思って、確認したら自分の手のひらからなんですよ。彼女が手首につけていたと思われる香水が移っちゃってるんですね。よく考えたらそらそうなんですよ、「ごと」握ってるわけですから。で、会ったあとって大体「あーあ、もうちょっと一緒にいたかったなあ」みたいな気持ちになるんですけど、家に着くまでの間、ひとりで手のひらをちょこちょこ嗅ぎつつ、「まあいいや、次は何して遊ぼう」となって、「今日はありがと、楽しかった。次いつ会える?」なんて送信して。これが、僕にとっての余韻です。

塗った直後のリップクリームを差し出してからの「使う?」が瞬殺すぎて僕は。

雪だるまの中に指輪を仕込むようなサプライズで奪って！（それは心！）
溶けて消えないものもあるんだよ？　とドヤ顔して！（それは想い！）

ハグしたら「おかえりー」と言うので「何それ」と訊いたら「体の半分が帰ってきたのー」と返ってきて「もうどこへも行かない！」と思いたい。

ドSでもなんでもないけど冷えきった手をいきなり好きな人の背中に入れて「もー！　もー！」となるところは見たい。

公共の場でイチャイチャしてるカップルを機嫌が悪いときに見てしまうと下手したら「死ね！」とか思うけど、カップル側はカップル側で「楽しい！　死んでもいい！」とか思ってるかもしれないし実際思うときある。

プレゼントをもらう際に「お金なくてごめんね」と言われて抱きしめまくりたい。
お前がプレゼントだよと思いながら抱きしめまくりたい。

彼女から「どんな下着がいいとかある?」
みたいに訊かれてもよくわかんないんですよ。
「脱がすことばっか考えてないでちゃんと見てよ」
とか思うかもしれないけどホントにわかんないんですよ。
好きな人が着けているものだったらそれがいいものなんですよ。
コピーを考える人になって
「どんなに豪華な下着でも、
君が着けなければただの布になる」
とか提案したいくらいにそう思うんですよ。

急に会えることになってうれしかったのだけど君がどこか浮かない様子だったので
「今日まずかった？」と訊くと「ううん、うれしい」

「それならいいけど」「でもパンツがね」

「パンツ？」「会えると思ってなかったからね、パンツがかわいくないやつなの（顔が赤い）」

となってゲラゲラ笑いながら**好き**だって思った。

恥じらいのある人が**好き**だから僕のズボンのチャックが開いていることを口では言えず
LINEで教えてくるような君で本当によかった。

彼氏に借りた部屋着が大きい彼女めっちゃかわいいんですけど。

そのまま一緒にコンビニとか行きたいんですけど。めっちゃかわいいんですけど。

「かぜなんだからもう寝なさい」「あとちょっと」

「ダメ」「声が栄養だもん」

「じゃああと5分だけね」「やったー」的な通話、栄養というか下手したら薬。

「かぜは人にうつすと治る」的な迷信のせいで好きな人が
「大丈夫？　うつしていいよ？」
などと言ってキスしようとしてきたじゃないですか本当にありがとうございました。

好きになると誤字まで愛しく思えてくるから好きになるってすごい。

「今から逝っていい？」とかなんなの笑う。あと逝くときは一緒な。

一緒にどこかへ行ったとき「また来ようね」と言ってくれる人安心する。

横顔が**好き**。いや、正面からももちろん好きだけど、最近は特に横顔が**好き**。
並んで歩くことが増えたからかな。しばらく見てると「ん？」って顔をして、
それもまた**好き**。

周りに君のことを話したら「惚気かよ」だってさ。
君がいい子だから知ってもらいたかっただけなのに。
でもまあ惚気でいいです、聞いてくれるならなんだっていいです。

「『抱きしめてね』って言われるのと
『抱きしめるね』って言われるのなら
どっちの方がかわいいって思う？」
と訊く君がかわいい。

皿洗わないやつメシまずいって言うな。
洗濯しないやつ部屋着で出かけろ。
好きな人泣かせるやつ寂しい思いしろ。
好きな人笑わせるやつ楽しい思いしろ。

3. いろいろ

「好き」だけじゃダメだってわかったんだよ。

書店やネットには恋愛マニュアルが溢れ返っているというのに、
たったひとりの心すら読めないのはどうしてなんだろう。
あそこに載っていることは全部嘘なのかな。
それとも僕らが嘘をつくからなのかな、
大丈夫だなんて言ってしまうからなのかな。

どうでもいいことでもモメてしまうのは
どうでもよくない人だからです。
いつもすいません、嫌いにならないで。

ささいなことからケンカになったのでささいなことから仲直りもしたい。

険悪な空気の中でごはんを食べるのって最低な気分になるから
ケンカのあとは必ずオムライスにしてケチャップで
「ごめん」と書くようにしよう。

出会った頃の話をするといいよ、許せたりするから。

ほんの少しなら時計の針を戻すことができる。「ごめんね」ならそれができる。だから早く会いな。

待ち合わせにも慣れてくると「じゃあいつものところで」なんかで通じるようになって。

そこへ行くとちゃんと君がいて、僕が来るのを待っていてくれて。

「待った?」「ううん」なんて言って、君の顔を見て、ああ、いつものところだって思って。

あのさ、心と心がすれ違ったときにも、こんなふうに待ち合わせができたらなって。

そこへ行けば大丈夫だって思えるような場所を用意しておきたいんだ。

僕の胸の中にも、君の胸の中にも。

「仲直りしたい」が言えたら仲直りは始まる。仲直りは始められる。


「あたしもう帰る!」「おい待てよ!」

「何?」「いや、その」

「何よ?」「そ、そんなに急に待つな」

「……」「……」

「うふふ」「えへへ」

仲直りは早い方がいい。


出会った頃の話をするの楽しい。

出会った頃の自分たちに教えてもらうの楽しい。

初心に返るの楽しい。

「謝ってくるまで絶対口利かない」宣言をした。
子どもじみたことを言って自分でもバカだなあと思う。
でも、今回はちょっと怒った。
もう寝る、これがふて寝というやつだ。
すぐに眠れるわけもないけれど。
背中越しに「おやすみ」と聞こえて
「おやすみ」と返した、習慣的に。
「謝ってくるまで絶対口利かない」宣言、
あっさりと破れる。別に許したわけじゃないから。
でも、おやすみなさい。

「今回のことは姫たんが悪い」

「なんで？　王子たんの方が悪いもん」

「ううん、どう考えても姫たんが悪い。謝って」

「なんで姫たんが謝らないといけないの？

悪いのは王子たんなんだから王子たんが謝ってよ」

「ていうかよく自分で自分のこと『姫たん』とか言えるね？

恥ずかしくないの？」

「は？　王子たんが『姫たん』って呼び始めたんじゃん。

自分で名付けといて何言ってんの？

ていうかそれなら『王子たん』だっておかしいじゃん。

どこの国の王子なの？　白馬は？」

「いやいや、それは姫たんが『あたしの王子さまへ』って手紙に書いてたのが始まりなんじゃん。どしたの？　忘れたの？」

「そうだよ？　書いたよ？

だから王子たんが王子なんだったらあたしは姫じゃん、付き合ってるんだから。

なのになんで姫たんだけ恥ずかしいってことになんの？

あたしは王子たんのこと恥ずかしいなんて思ったことないよ？

友だちとかみんなに自慢したいよ？」

「違うって、俺が言ったのは自分でそんな呼び方をしてることが恥ずかしいってこと。

姫たん自身のことをそんなふうに思ったことなんか俺だってないよ？

俺だって自慢したいよ？」

「どこを自慢したい？」

「どこを？　どこを？　どこって、いや、全部だよ」

「ずるい、そうやって逃げて」

「いや逃げてないし。別に、ホントに全部そうだし」

「あたしだって全部だもん」

「え？　姫たんこそずるいじゃん、それ俺のまねじゃん」

「まねじゃないもん、いつもみんなにそう言ってるもん」

「なんて言ってんの？」

「だから、全部自慢したいくらいの人だよって」

「嘘だよー、ホントに？　じゃあなんか1個挙げてみてよ」

「……やさしいとこ」

「いや俺、そんなやさしくないし」

「やさしいよ、王子たんはいつもやさしいよ」

「……どうかな」

「王子たんもなんか挙げてみてよ。ずるいよ、あたしにばっか言わせて」

「やさしいとこ」

「あっ、ほらずるい、まねじゃん」

「違うって、これはホントにそうなんだって。

俺は別にやさしくないけど、姫たんはちゃんとやさしいんだって」

「……ふーん」

「あれ、泣いてる？　今ちょっと泣いてなかった？」

「泣いてないもん。ていうか王子たんこそ鼻水出てるよ？」

なかなか会えないときに「会いたい」ばかり言うと
わがままだと思われてしまいそうで言いづらいです。
そこで「会いたい」を何か別の言い方にする
というのはどうでしょうか。
たとえば「抱きしめたい」「手を繋ぎたい」などです。
他に「同じ空気を吸うだけで幸せな気持ちになりたい」
などもあります。

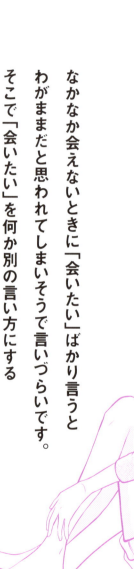

ビデオ通話してるときモニターにゴミが付いてるのに気づいて
手で払ったら撫でたと勘違いされて
「えへへ／／／」「おう／／／」みたいになる遠距離恋愛したい。

遠距離恋愛してる人ってビデオ通話しながらごはん食べたりお酒飲んだりするのかな。
いいな、楽しそう。いつもより近いもんね。

無理して会いにきてくれて、うれしくてうれしくてたまらなかったのに
「なんで無理するの？」と冷たい態度をとってしまって、
神様お願いです、この照れ隠しがどうか隠せていませんように。

離れて初めてわかったことがあった。
それがなかったらただただ遠いだけだった、
ただただ寂しいだけだった。

会えない日が続けば続くほど思いが募って好きになっていくので一瞬
「このまま会えなかったらもっと好きになれるんじゃ？」

なんて思ってしまったじゃないですか。

知ってますか？　好きすぎると死ぬらしいですよ。

まだ死にたくないです、そろそろ会いたいです。

わざわざ遠くにいる人を選んで、君は本当におかしな人です。
弱虫で、泣き虫で、人一倍寂しがりやだったはずの君が、
距離を超えて届けようとするのですから。
好きですか、愛しいですか、どんな言葉と換えるのですか。
君は本当に素敵な人です。
距離を超えて届けようとするのですから。

好きな人の画像持ってる？　コントラストを下げていくとね、会いたくなるよ。

限界まで下げてから一気に戻すとね、今のままで、この人のままでいいやって思えるよ。

いてくれるだけでいいやって思えてね、会いたくなるよ。

言葉にしなければ伝わらないという
当たり前のことまで忘れて
「なんでわかってくれないんだろう」
とか真顔で思うから慣れるのって怖い。
もし言葉にせずとも伝わっていたことがあるとするなら
それは幸運だったんだよ。
慣れたくない。

売り言葉に買い言葉ってある。
相手を傷つけるような言葉や態度をわざわざ選んでしまうことってある。
熱くなってしまったからとはいえ、伝えたかったのはそんなことじゃないのにと、
自分で自分が嫌になる。
まずい流れに気がついたら「頭を冷やそう」と提案するから、
どうか君もそこに乗ってきてほしい。
たとえば「これ食べて冷やそう」とアイスを出してくるだとか。
まあ、厳密に言うとそういう意味じゃないのだけど、うまくそこに乗ってきてほしい。

大体の誤解は言葉が足りないことから生じると思うので
ひとつでも多くの言葉を持っておきたい。

（君が他の男と一緒に写っているもの以外の）写真が好き。

たとえば君が弟くんと仲がいいことに対してまで妬く程度にはやきもち気質。

盗られないなら見せびらかしたいです。
盗られるかもなら隠しておきたいです。
君の話です。

「家だからって隙がある服装するのやめてくれない？
だってお父さんとか弟くんも見るわけだよね？」
などと真剣にお願いする程度にはやきもち気質。

やきもち、おいしそうな名前の割に食えなくてイライラする。

「たまにはやきもちを妬かせて彼氏を安心させないように」的な恋愛指南、滅べ。

正直に言うけど「信じてる」は「信じたい」です。信じてる。

やきもち、妬くのはめっちゃ嫌だけど妬かれるのはちょっとうれしい。
「好きでいてくれてるんだ」と思えてちょっとうれしい。
妬くのはめっちゃ嫌だけど。妬くのはめっちゃ嫌だけど。

気持ちを確認したいからといってあなたを試すようなまねをしてしまい
申し訳ございませんでした。そんなやり方でしか確認できないのならその時点で
関係は終わっていますからです。言葉を信じられないのならその時点で関係は終わっています。
大切なのは「信じられるかどうか」ではなく「信じているかどうか」だったのです。
それにようやく気がつくことができました。改めましてあなたを試すような
まねをしてしまい申し訳ございませんでした。
なおあなたが勝手に食べてしまわれた私のプリンにつきまして
今後こちらから責め立てるようなことはございません。
以後名前を書くようにいたします。クソが。

わだかまりを水に流そうとなった際は
「遠慮してそう言っているのではないか?
本当に流そうと思えているか?」
等の確認が必要となりますので
一緒にお風呂へ入りその気持ちを体で表してくださいますよう
お願いいたします。

お風呂の中で泣く人、
普段「泣かないように」とか「負けないように」みたいに
気を張って生きているんだろうなあと思う。

落ち込んでいたら「これ、元気が出るおまじないね」と言い
指で背中に「げ・ん・き」と書かれて、
ああ、この子は本当にやさしい子だなあと思いつつも
「え、そこは『す・き』とかの方がかわいかったんじゃないの?」と言ってみたら
「確かに!　じゃあもう一回ね?」となって書き直すのだけど、
きっともうその頃には元気。

落ち込んでる人をね、
どうやって励まそうか考えてたんだけど、
あれこれ考えを巡らせてるうちに
どんどん時間が過ぎちゃって、
もうシンプルに距離を詰めるのがいいやってなった。
LINEとか電話とか、すぐする。次からそうする。

「死にたい」って言うの冗談でもやめて、想像したら死にたくなるから。

君の真面目なところや一生懸命なところが好き。
こう言うと君が僕の前で息が抜けなくなってしまうかも
しれないから(そうならないでほしい)、
必要以上に言いたくはないのだけど、
でもたまには伝えさせてほしい。
君はえらいね、僕も頑張ろうって思えるよ。

自分ばかり責めている人を抱きしめてあげたい。
そんなことないよと言ってあげたい。

「我慢しないでね」みたいなの、言われると一瞬で泣きそうになる。
我慢してきた今までのつらさと、気がついてもらえた安堵が同時に襲ってきて、
たまらず一瞬で泣きそうになる。

**「こ、洪水だー！　助けてくれー！
ちょ、やめ、うわーっ！　溺れるー！　助けてくれー！」
などと言いながら、ぽろぽろと溢れる君の涙を拭いたら、
笑ってくれたんです。
「そういうところ好きだよ」って笑ってくれたんです。
こういうところがあってよかったって思ったんです。**

僕は世界一のナルシストになります。そして世界一のドヤ顔で
「おいで、やさしいよ」と言います。
あのね、好きな人が悲しいとこんなにも悲しい。

「あたしブスだから」なんて簡単に覆してあげる、
僕に撮らせて。君は素敵、笑え笑え。

「もしもし、あたし」「おう」

「何してた?」「寝そべってた」

「起こしちゃった?」「ううん、練習してただけ」

「なんの?」「コースター」

「え?」「お前すぐ泣くだろ? だから敷いとけ、俺を」

「やさしい」「でも尻には敷くなよ? なんつって」

「うん……ぐすん」「またすぐ泣くー」

ふたりなら大丈夫、泣いても大丈夫。


泣いている人が泣き止むまで待つ。そんな術を身につけたとき、大人になったと思った。

待ち方は泣き方にもよるけれど、好きな人の泣き方ならわかる。

いくつかの泣き方がある。

「ひとりになって考えたい」的なことを言われたときって、
相手がひとりになって考えるのを待っていたらそのまま終わるイメージがある。
それを「自分もひとりになって考える時間なんだ」
と思えないとそのまま終わるイメージがある。

「泣いてもいいよ」には
「泣き顔って誰でもブサイクだけど
好きな人のはむしろかわいく思えたりきゅんときたりするから
遠慮せずにどんどん見せてくれ」
という意味もあります。

運動をするとおなかがすくので思いっきり腹を立てたあとはごはんを食べるのがいい。

僕が君をかわいいと思ってやまないのは、
見た目がどうだとかのことだけではなくって、
たとえば「ありがとう」や「ごめんなさい」のような、
心の忙しさにかまけて忘れそうになることを
丁寧に扱っているところも含めての話なんだよ。
ねえ聞いて、君はかわいい。

自分に自信がなくて、
「誰も自分のことなんか好きになってくれない」だなんて思っていて、
だから人を好きになっても他人ごとで、
「自分には関係のないこと」だなんて切り離して考えていて、
でも好きな人はやっぱり素敵で、どんどんどんどん好きになって、
「この人への好きだという気持ちは誰にも負けない！」だなんて思って、
心の底からそう思えて。そこでひとつ問いかけてみてください、
その自信は誰のものですか。

かわいいと思ったときは地面にめり込むくらいの
勢いで頭をなでなでしたいので、
君は何も言わずめり込んでいってください。
愛です。

4. やりとり

奇跡には大きいものと小さいものがあって。

「ね、占いって楽しいよね」

「楽しいね」

「朝の占いとかでさ、いちばんだったりしたら『よっしゃ頑張ろ』って思えるよね」

「思えるね」

「悪いときは『知らんし』と思って見なかったことにするんだけど」

「見なかったことにするね」

「でもホントに未来がわかったらさ、

悲しいことも自分だけ先にわかっちゃうってことだよね」

「わかっちゃうね」

「一緒だったらいいけど、ひとりだけ悲しいってやだな」

「やだね」

「……」「……」

「あたしのこと好き？」「大好き」

「ね、人に作ってもらった料理ってまずくてもまずいって言いづらいよね」

「言いづらいね」

「ごはん食べてるときに気まずくなるのってやだし、嘘ついてもおいしいって言うよね」「言うね」

「あたしが作った料理でまずいって思ったことある？

怒ったりしないから言ってくれていいよ」

「どうだろうね」

「もっと上手になるから、これからも練習台になってってください」

「はい」

「……」

「……」

「あたしのこと好き？」

「大好き」

「ね、ドーナツっておいしいよね」

「おいしいね」

「その分カロリーもすごいけど」

「すごいね」

「穴があってあのカロリーだもん、もし穴がなかったらって考えたら、なんて言うんだろ、厄介だよね」

「厄介だね」

「……」

「……」

「あたしのこと好き？」

「大好き」

「ね、メンソレータムの『ソレー』の部分ってかわいいよね」

「かわいいね」

「なんて言うんだろ、前向きな感じがするよね」

「するね」

「……」

「……」

「あたしのこと好き？」

「大好き」

「ね、カップルがまだ帰りたくなくて遠回りしたりするのってなんかいいよね」

「いいね」

「一緒に歩いてるだけでも楽しくてさ、ちょっとどうかしてるよね」

「どうかしてるね」

「よく恋の病とか言うけどさ、それがホントに病なんだったら、かぜみたいにいつか治っちゃうってことだよね」

「治っちゃうね」

「そこは治らなくていいんですけどって思うよね」

「思うね」

「……」

「……」

「……」

「あたしのこと好き?」

「大好き」

「ね、恋愛と結婚は別って言うけどさ、結婚するなら好きな人とがいいよね」

「いいね」

「なんかの理由で好きな人と結婚できなくなったとしてさ、

そのときに恋愛と結婚は別だって思うのかな。そうやって自分に言い聞かせるのかな」

「どうだろうね」

「せっかく好きな人と出会えたのにさ、なんて言うか、泣いちゃうよね」

「泣いちゃうね」

「……」

「……」

「あたしのこと好き？」

「大好き」

「ね、味覚って人それぞれだよね」

「それぞれだね」

「お肉とかお寿司が苦手な人もいてびっくりするよね」

「するね」

「でもアレ、どれだけのごちそうでもひとりで食べたら寂しいんだけど」

「寂しいね」

「……」

「……」

「あたしのこと好き？」

「大好き」

「ね、ゲームとかでさ、最初の宝箱にいきなり最強の剣が入ってたらつまんないよね」

「つまんないね」

「レベル1の貧相な体でさ、装備しました、なんて恥ずかしくて言えないよね」

「言えないね」

「……」

「……」

「あたしのこと好き？」

「大好き」

「ね、猫ってかわいいよね」

「かわいいね」

「ホントに背中が丸くてさ、あっ、猫背だって思うよね」

「思うね」

「でもさ、人間の猫背はかわいくないよね」

「かわいくないね」

「しゃんとしなさいって思うもん」

「思うね」

「……」

「……」

「あたしのこと好き?」

「大好き」

「ね、焼きそばパンに紅しょうがのってるじゃん」

「のってるね」

「カレーパンに福神漬のってないじゃん」

「のってないね」

「なんかやだよね」

「やだね」

「……」

「……」

「あたしのこと好き？」

「大好き」

「ね、別腹って確かにあるよね」

「あるね」

「おなかいっぱいでもう食べられないってなっても、甘いものはむしろ余裕で入るよね」

「入るね」

「今思ったけど、別腹って呼ぶからまだいけると思って食べちゃうんじゃゃん？ 太っ腹って呼んだらいいんじゃゃん？」

「太っ腹でいいね」

「……」

「……」

「あたしのこと好き？」

「大好き」

「ね、女子のお買い物に付き合わされるのって男子はどう思ってるんだろうね」

「どうだろうね」

「似たようなやつを並べてさ、
こっちとこっちならどっちがいい？　とか訊かれても困るよね」

「困るかもしれないね」

「じゃあこっちかなって選んでも『えっ、こっち？　こっちはないと思うんだけどなー』

とか言いかねないじゃん、女子って。

自分の中ではガチガチに決まってるのになんで人に訊いてきた？　ってなるよね」

「なるかもしれないね」

「でも、自分が『こっちかな』って思ってた方を選んでくれたら
『同じだー』ってなってうれしいよね」

「うれしいね」

「……」「……」

「あたしのこと好き？」「大好き」

「ね、奇跡って言われたらものすごく大きいことを想像しちゃうけどさ、

小さい奇跡だってあるよね」

「あるね」

「運命の人に出会えたみたいなことは大きい奇跡だと思うんだけど、

話してて楽しいときとか、同じこと考えてたときとか、小さい奇跡起こってるよね」

「起こってるね」

「……」

「……」

「あたしのこと好き？」

「大好き」

5. ぼくたち

どこまでも行こう。

恋愛のよさを訊かれてうまく説明できなかったけど
好きな人のよさなら朝まで語れるから好きな人が恋愛のよさ。
好きな人の存在が恋愛のよさ。

足りないと不安になってくるし、いっぱいでも不安になってくるし、
幸せってよくわからない。

人の数だけ幸せの形があっていいはずだし、
誰もがそれを自分で決めていいはずなのに、
幸せという言葉から連想する形にあまり差がないように思えるのは、
それをどこか大きなものだと捉えているからなのかもしれないなぁ。

「楽しい＝幸せ」だとして、
好きな人が楽しそうにしていると自分も楽しくなってくるから
好きな人が楽しそうにしているのは幸せ。

飾っておきたくなるくらいのいい写真が撮れても画像のままだとそれもできないので
ときどきはプリントして写真にしてやる。本来の形の写真にしてやる。
飾ったり眺めたり抱きしめたりしてやる。

どんな顔していいかわからないし写真に撮られるのって苦手だったけど、
仲よくなるにつれて楽しくなっていったよ。頭で考える前にいろんな顔してたよ。

子どもって、時計やカレンダーが読めないうちは、待ち遠しい日までの距離感を
「あと何回寝たら」で計るんだって。童謡『お正月』なんかはまさにそうで、
言われてみれば昔の自分もそうだった気がする。
まあ、大人になっても似たようなことを考えてるんだけど。
早く来い来いって思ってるんだけど。

下ばかり見ているとぶつかる。上ばかり見ているとつまずく。

君ばかり見ていると苦しい。僕ばかり見ていてほしいよ。

「あの子ばっかモテてずるい」より
「あたしも恋したい」の方が素敵なのにな。
複雑な感情こそ、簡単な言葉に換えられたら素敵なのにな。

「女子は恋をするときれいになるって言うけど男子はカッコよくなんないの?」

とかなんでそんなこと言うんですか。

早く会いたい一心で頑張って仕事を片付けてきた僕は十分カッコいいじゃないですか。

「恋愛しりとりしよー」「何それ」
「恋愛に関することしか言っちゃいけないしりとり」
「いいよ」「じゃああたしからいくね、
『好き』」「俺も」「……あたしも」

「わー、見てあれ」などと悠長なこと言っている君には伝わらないかもしれないけれど、1周15分だとして7分20秒くらいまでには覚悟を決めなければならない戦いが観覧車にはあってだな。

「かわいい」はいつか老いるかもしれないけど「かわいらしい」は磨きをかけていけると思うのでどうぞいつまでもかわいらしい人でいてください。

「嫌いなところとかあったら直せるようにするから言ってね」とやさしい顔で言われて逆に好きなところが増えたので結婚してください。

いつもそんなにうれしそうにするから
君を褒めることがどんどんうまくなっていってしまったじゃないか。

部屋へ上がる際に靴を揃えているだけでもたまらないのに
こちらの靴まで揃えてくれていたりしたら
もうなんて言えばいい?
「俺、これが最後の恋だから」でいい?

ちょっとかわいいと言われたくらいで
もっとかわいくなってしまうようなお前は誰からも愛されて死ね。
たまに自分のことも愛して死ね。

好きばっか言ってると
だんだん本気にしてもらえなくなってきて悲しいから
3回おきくらいに大好きって言おっと。

「人を好きになるやり方って誰から教わるわけでもないのに
いつの間にか備わってるよね」
と言う君に適当な返事をしながら
「お前が教えてくれたんですけどー！」と思っていました。

君のせいで通話を切るのが下手になったんだよ。

胸を打つどころか撃ち抜いてしまうような強くてまっすぐで
けれどあとからずっとやさしくじっと留まる思いを吐いて吐いて吐き続けて
君がいつまでもこっちを向いていますようにと考えて考えて考え続けて織ったのが
詩で叫んだのが歌で黙らせたのがキスだよ愛してるよ最高だよ。

「ずっと一緒にいようよ」「ただいるだけ？」

「えっと、じゃあ、ずっと一緒にごはんを食べようよ」

「食べるだけ？」

「じゃあ、ずっと一緒に寝ようよ」「寝るだけ？」

「じゃあ、ずっと一緒に思っていようよ」「なんて？」

「ずっと一緒にいようよって」「うん」

いつもちょっとだけ未来の話をしているような
ふたりがいいです。
どこまでも行けそうです。

お嫁さんをもらったら職場にお弁当を届けられてみたい。
同僚たちの手前恥ずかしくて怒って見せたりもするけれど、
ホントはうれしくて「ありがとうな（小声）」なんて言う。
ケーキを買って帰るから抱きつく勢いで出迎えてほしい。
そのとき僕は「コイツもらってよかった」って思うんだ。ぐへへ。

子どもに「お前は2番目に愛してる」なんて真顔で言う親になりたい。

女子には「好きな人に似ている子どもを産みたい」という感覚があるらしいのだけど、
確かに、自分の血を分けた子が好きな人に似ているとか、想像しただけで最高だわ。

一生に一度は親になってみたい。
恋しか知らないのは嫌だ。
恋が語る愛しか知らないのは嫌だ。

「家族になろう」と言われたら泣くと思う。

「またね」で終わり
「また会えたね」で始まる
当たり前が愛しい。

「泣かないで」「泣かないよ」

「行かないで」「行かないよ」

「死なないで」「いつか死ぬよ」

「……」「……」

「笑って」「笑うよ」

「そばにいて」「そばにいるよ」

「死なないで」「いつか死ぬよ」

「ダメ、死なないで」「わかった、死なないよ」

守れない約束もたまにはいい。

死後の世界があるのかなんてわからないし、
生まれ変わりがあるのかもわからないけれど、
たった一度、これっきりの命だとして、
73億分の好きに入れてくれてありがとう。

今何してますか、そばへ行きたいです。

結ぶものが好き。指、髪、約束、絆。全部好き、全部いい。

大人の恋も割と純愛だって知ったから年を取るの悪くない。
大人かわいい、大人の恋かわいい。

なんでもない平凡な日に
「今日もありがとう」とか
「明日もよろしくね」とか言われて泣きたい。

この先、僕がスポーツや何かで
世界チャンピオンになるようなことは一度もないと思う。
けれど、世界はふたりのものだと思える瞬間なら
またやって来るだろう。
そんな世界なら何度でも獲りたい、
かけがえのないその人と。

イラスト

みきもと凜

カバー、p.1～7, 9, 33, 49, 81, 97

ブックデザイン

川谷デザイン

本文イラスト（五十音順）

立樹まや
P15, 60, 63, 73, 82, 95, 109

南マキ
P25, 31, 47, 55, 103

幸村アルト
P39, 115

〔著者紹介〕
蒼井　ブルー（あおい　ぶるー）
大阪府出身。写真と文とコピー。
独特のタッチで綴られるTwitterはフォロワー数16万人超。
著書『僕の隣で勝手に幸せになってください』『NAKUNA』（ともにKADOKAWA）『君を読む』（河出書房新社）がベストセラーに。

Twitter@blue_aoi

世界はふたりのものだと思いたいので
まずは君が僕のものになれ

（検印省略）

2016年12月22日　第1刷発行
2017年3月5日　第3刷発行

著　者　蒼井　ブルー（あおい　ぶるー）
発行者　川金　正法

発　行　株式会社KADOKAWA
〒102-8177　東京都千代田区富士見2-13-3
0570-002-301（カスタマーサポート・ナビダイヤル）
受付時間　9:00～17:00（土日　祝日　年末年始を除く）
http://www.kadokawa.co.jp/

落丁・乱丁本はご面倒でも、下記KADOKAWA読者係にお送りください。

送料は小社負担でお取り替えいたします。

古書店で購入したものについては、お取り替えできません。

電話049-259-1100（9：00～17：00／土日、祝日、年末年始を除く）

〒354-0041　埼玉県入間郡三芳町藤久保550-1

DTP／ニッタプリントサービス　印刷・製本／大日本印刷

ISBN978-4-04-601858-8　C0076